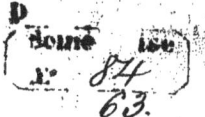

I0548685

LES FÊTES

VERSAILLAISES

HOMMAGE AUX SOCIÉTAIRES

1863

L'auteur, en composant cette Revue de la première année des Fêtes Versaillaises, a désiré en consacrer le souvenir.

Il l'offre en hommage aux Sociétaires, comme un témoignage de gratitude pour ceux qui ont rempli leur devoir de citoyen, en servant l'intérêt de la ville, et accompli leur devoir de chrétien, en soulageant l'infortune.

LES
FÊTES VERSAILLAISES

❧

HOMMAGE AUX SOCIÉTAIRES

———

AIR :

Ah! ah! ah! ah! ah! ah! ah! ah! ah!
Qu'on s'ennuie, hélas!
Et comme on bâille
Dans Versaille!...
Ah! ah! ah! ah! ah! ah! ah! ah! ah!
Quand donc arrivera
Quelqu'un qui nous réveillera !

AIR : *A boire, à boire, à boire !*

Silenc', silenc', silence.
Il m'semble qu'ça commence,
Le plaisir s'avance à grands pas
Tenant la gaité sous son bras !

Air : *Bonsoir, jusqu'au revoir.*

Il n'est plus temps d' dormir
   Il faut se réjouir,
   Qu'on se le dise,
Prouvons que les Versaillais
Ont tous l'esprit et le cœur français.
   A cheval, à cheval,
   Voici le carnaval!
Afin que Dieu nous conduise
Prenons pour notre devise
   Ce refrain respecté :
   Plaisir et charité.

Air : *Et tandis que leur feu s'allume.*

(Parodie de la Vestale.)

A peine, sommes-nous décidés,
Qu' not' maire, qu'est aussi not' père,
Nous tend sa main tutélaire ;
Par lui puissamment aidés
L'œuvre est bientôt accomplie,
Car chacun se multiplie ;
C'est un' rage, un' frénésie.
Tout le mond' brûle d' se mettre au jeu ;
On n' craint qu' la pluie ou la neige :
Mais le soleil nous protége,
Et c'est lui qui, dans l' cortége,
A montré le plus de feu !!

Air : *De la Valse des Comédiens*.

Il fallait voir l'imposant assemblage
De citoyens et de braves soldats,
Qui, dans la foule émue à leur passage,
Vouaient au pauvre et leurs cœurs et leurs bras ;
Ces cavaliers, tous brillants de jeunesse,
Caracolant sous les riches balcons,
De la beauté savaient, avec noblesse,
Solliciter les charitables dons.
Le fantassin, à l'allure moins fière,
Reçoit le sou que, d'un air attendri,
Le pauvre enfant de la classe ouvrière
Offre humblement à plus pauvre que lui !
Ce flot pompeux de velours, de dorures,
Toutes ces fleurs, ces chars majestueux,
Aux vifs reflets des casques, des armures,
Mille soleils éblouissent nos yeux :
Cérès qui trône au milieu d'une gerbe
Aux lourds épis, riche et divin trésor,
Fait admirer l'attelage superbe
De ses beaux bœufs, ornés de cornes d'or.
Voici Bacchus ! ce païen qui baptise
Sournoisement le vin du cabaret ;
Avec des chats qu'en lapins il déguise,
Auprès de lui Comus fait un civet !
En chariot les animaux féroces,
Représentés par des zouaves gaillards,
S'apprivoisant en se faisant des bosses,
Effrontément bravent tous les regards ;
Je me souviens d'une certaine pie
Qui jacassait tout le long du chemin,
Et, redoutant de gagner la pépie,

Avait toujours une bouteille en main.
Plus loin, les bœufs cessant d'être victimes,
Se sont lassés d'un abus de pouvoir,
Et le boucher, condamné pour ses crimes,
La corde au cou les suit à l'abattoir.
La blanchisseuse, agaçante et grivoise,
La canotière et le joyeux marin,
Près du rocher du char de Seine-et-Oise,
Chantent gaiment un nautique refrain:
Sur ce rocher aux cimes élevées,
La Seine et l'Oise, au milieu des roseaux
Tenant en main leurs urnes soulevées
En les mêlant laissent couler leurs eaux :
Tableau charmant, fraîches allégories,
J'aime peu l'eau, je crains de m'y livrer,
Mais, en voyant ces nymphes si jolies,
J'eusse voulu près d'elles m'enivrer.
Voici venir le char de l'industrie.
Où Guttemberg lance ces nobles chants,
Tous ces accords de sainte poésie,
Sortis du luth de l'aimable Deschamps.
Voici Vulcain que Vénus accompagne;
Mars qui le suit rit de son froid accueil :
Le dieu jaloux fait garder sa compagne,
Mais par malheur ses gardes n'ont qu'un œil.
Puis, sur un char que le luxe décore,
S'élève un temple aux riches ornements,
Chef-d'œuvre d'art, où la déesse Flore
Nous apparaît et fait croire au printemps:
A tous les yeux elle offre sa parure :
Cette verdure et ces riantes fleurs,
Tous ses bijoux, écrin de la nature
Dont les joailliers sont nos horticulteurs !
A ce spectacle il faut qu'on applaudisse,
C'est d'un banquet le succulent dessert,

C'est le bouquet d'un beau feu d'artifice
Et le final d'un ravissant concert!!

Air : *Ni vu ni connu j'l'embrouille.*

Soudain les bravos
Par tous les échos
Sont répétés à la ronde ;
On nous disait morts,
Grace à nos efforts,
Nous voilà r'venus au monde.
Faut que nous suivions,
Pour qu' l' pauvre ait ses aises,
Des bonnes actions
Les traditions
Françaises ;
Et dans notre cité
Qu'une société
Fonde les Fêtes Versaillaises.

Air : *Le Luth galant qui chanta les amours.*

Aussitôt dit, morguienne ! aussitôt fait,
V'là nos statuts signés par not' Préfet :
Notre triompne est complet.
Chez nous tout le monde s'enrôle !
Hélas ! après l'succès vient l'échec qui désole !
La roche Tarpeïenne est près du Capitole !
A preuve le 6 juillet :
Queu déchet!
Queu déchet!

AIR : *A bo're, nous quitterons-nous sans boire?*

De la pièc'd'eau des Suisses
Faisons un lieu d'délices,
Afin que dans l'quartier Saint-Louis
On puiss'récolter quelques louis!

AIR : *On va lui percer le flanc.*

L'*Monitor* et l'*Mérimac*.
        Cric! crac!
        Amèneront
        Entraineront
        Tout Paris
            Surpris.
D'monsieur Ruggieri l'talent
F'ra notre fête sera sans pareille;
Nous allions fairê merveille:
Le temps, si beau la veille,
Change tout-à-coup de cantonnement,
            Vli, vlan,
        Soudain le vent
        Nous dit : plus souvent!
        Et le voîlà soulevant
Les drapeaux qui descendent;
Les guirlandes se détendent,
Les écussons se fendent,
L'ouragan coule les bateaux,
Dé-ra-cine les poteaux.
Voilà le feu dans l'eau !
Et notre espoir le plus beau
Tombe au fond de la rivière!!
Nous n'ferons plus que d'l'eau claire.

Douleur, douleur amère :
V'là, les illuminations,
Les-co-llec-tions
De lampions
En révolutions
Jusqu'aux ifs
Inoffensifs
Roulent dans la poussière,
Les lanternes et les verres
Seront privés de lumière.
Commission et président
Enrageant
Se disent : vraiment
C'est décourageant !
La pluie à torrent tombant
Vient terminer l'affaire.

Air : *Y a pas de bon Dieu.*

(LA VESTALE.)

Limonadier, restaurateur,
Disent tout bas en cachette :
C'est un malheur !
Mais par bonheur
Notre recette est faite !

Air : *Il entrera.*

(LA VESTALE.)

Allons donc voir !
Ce qui se passe au jardin de la Mairie.
Allons donc voir !

Car, le soir, il y fait si noir !
D'où viennent ces éclairs de féerie
Et cette joyeuse harmonie ?
Allons donc voir.

AIR : *Flon, flon, flon.*

Flon, flon, flon, flon,
Du violon,
Piston
Et basson
On entend le son ;
De leur chef l'archet magistral
A donné soudain le signal
D'un bal ;
Nos gais sociétaires
Prompts à se réunir,
Sur d'élégants parterres,
Se livrent au plaisir.
La nuit de ses voiles
Veut en vain couvrir ces lieux,
Tout, jusqu'aux étoiles,
Doit illuminer les cieux !
Dans les massifs, parmi les fleurs,
Scintillent des feux de mille couleurs,
Et dans un rêve original
On se croit au sein d'un bal
Oriental !
De mainte jeune fille
Au regard pétillant,
Le petit cœur sautille
Quand un danseur galant
L'entraine et l'enlace ;
Papas, mamans, dans ces doux instants,

Devant tant de grâces,
Ont retrouvé leur printemps!
Ou noble ou riche ou commerçant,
Le titre ou le rang s'efface en dansant.
Préfet, bourgeois, municipaux
Devant le plaisir deviennent égaux!
D'un peu de courtoisie
On sait partout le prix,
C'est ainsi qu'on rallie
Les cœurs et les esprits!
Un bal de mairie
Me parait divin,
La place est choisie
Pour favoriser l'hymen;
En ménage on ne peut toujours
Entendre sonner l'heure des amours;
Plus d'un époux
Voit entre nous
Se changer en fiel
Sa lune de miel?
Qu'avec sa femme il danse.
J'ose le pressentir
Une douce influence
Se fera ressentir;
Fillette jolie,
Garçons assis sur les mêmes bancs,
Dans peu je parie,
Feront publier leurs bans!
Flon, flon, flon,
Du violon,
Piston
Et basson
On entend le son.
Venez, venez à notre bal.
Car il est joyeux et moral!

Air : *Des Cancans.*

Ce succès consolant
Nous a rendu le cœur content,
Plus de soucis,
Plus d'ennuis,
Courage, mes chers amis.

Air : *Les Anguilles, les jeunes Filles.*

Lorsqu'après tant de sacrifices
Nous nous flattions de réussir,
Au bord de la pièce d'eau des Suisses
Notre gloire a failli périr !
Son onde engloutit not' fortune,
Sans qu' nous puissions l'en empêcher.
Dans l'eau du bassin de Neptune
Essayons de la repêcher !!

Air : *Pour contempler la nature embellie.*

De ce palais tout rayonnant de gloire
Dont l'univers admire la splendeur,
Le parc fameux vient compléter l'histoire,
D'un règne illustre il marque la grandeur ;
Ces ifs géants, ces bosquets, ces fontaines
Aux mille jets dans les airs élancés,
Tous ces bassins aux sources souterraines,
Chefs-d'œuvre d'art, honneur des temps passés !
Tous se jouant, dans un ensemble unique,

Dès qu'un signal leur a donné l'essor,
Offrent aux yeux un spectacle magique
Que l'on vient voir, et puis revoir encor!
Dans ces beautés surtout, il en est une
Dont l'étranger toujours se montre épris :
C'est l'hémicycle où, sur son char, Neptune
Livre sa cour à ses regards surpris :
Trident en main, assis près d'Amphitrite,
Le dieu commande aux eaux de s'agiter.
Sa voix puissante aux monstres qu'elle excite
Donne l'ardeur qui semble l'irriter :
Soudain Protée, Océan, ses ministres
Ont répété ses ordres souverains ;
Tritons, dragons poussant leurs cris sinistres
Viennent d'ouvrir les antres sous-marins !
L'onde, aussitôt, rapide, bouillonnante
Dirige aux loin ses flots tumultueux,
Elle s'élève en gerbe étincelante;
Tombe et remonte en jets impétueux ;
La terre et l'air, dans ce déluge intense,
D'écume et d'eau sans cesse se brisant
Sont confondus dans un nuage immense
Que le soleil colore en l'irisant.
Quand le grand roi, ravi de ce spectacle.
En venait faire un royal passe-temps,
Ses courtisans criaient tous au miracle;
Qu'eussent-ils dit, si tous ressuscitants,
Avaient pu voir le tableau fantastique
Créé par nous, quand la profonde nuit
Fuyait devant la lumière électrique
Qui nous rendait l'éclat du jour qui luit !
Les tourbillons, les nautiques spirales,
Cet océan d'écume et de vapeurs.
Changeant d'aspect aux lueurs des bengales,
Du brillant prisme empruntaient les couleurs ;

Au fond s'élève en cette vaste allée
Des marmousets, se livrant à leurs jeux ;
Brillant contraste à la voûte étoilée
L'aigle emflammé, sur un arc lumineux,
Arbres, bosquets et pelouse et charmille
Sont sillonnés d'éclairs phosphorescents.
Tout resplendit, tout s'éclaire, tout brille
Au bruit flatteur des applaudissements !
Puis, tout-à-coup, ô merveille nouvelle !
Deux éléments soudain luttent entre eux !
Parmi les jets de l'onde qui ruisselle
Se sont mêlés d'éclatants jets de feux ;
En contemplant ce prodige splendide
Les spectateurs se sont crus transportés
Dans les jardins de la superbe Armide.
L'air retentit de bravos répétés :
C'est un triomphe, une noble victoire,
Qui nous assure un heureux avenir ;
Pour nous, amis, c'est un titre de gloire
Et pour Versaille, un brillant souvenir.

} *bis.*

AIR : *De la Retraite.*

On projeta,
Puis ensuite on vota
Une autre fête,
Une retraite.
Nous étions prêts
Dans nos riches apprêts?
Le vent contraire avec la pluie alterne.
Chaque lanterne
Est terne,

Et Chabrié *
N'a pas du tout brillé.

Air : *A boire, à boire, à boire !*

Entrons sans crier gare
Dans les salons d'la gare
Non pas pour y prendre le train,
Mais pour nous mettre tous en train !

Air *Maman, les p'tits bateaux.*

Encor un bal charmant
Par qui l'année
Est étrennée!
Élément d'agrément
De nos fêtes gai complément,
Ecoutez les grelots
De l'aimable folie
Dont la voix nous convie
A des travaux
Nouveaux.
Pour le pauvre ouvrier
La douce bienfaisance
Nous demande assistance.
Sans nous faire prier
A cheval ! à cheval !
Allons en fête

* Entrepreneur des fêtes du Gouvernement.

Et que l'on quête
Voici le carnaval
Enfants ! à cheval ! à cheval !

Air *Fanfare 1er acte Guillaume Tell*

La chasse est terminée,
Du retour l'heure est sonnée ;
La meute ramenée
Va nous montrer ses exploits ;
Au fond des bois
Lançant la voix
Elle a mis le cerf aux abois ;
Ardents veneurs,
Hardis piqueurs
Font résonner leurs airs vainqueurs.
La chasse est terminée ;
Du retour l'heure est sonnée
La meute ramenée
Va nous montrer ses exploits.

Air : *Fanfare la Léon Bertrand.*

Voici venir avec leurs gens
Du train royal les chefs intelligents ;
Couvert d'écume leur coursier
Les a sentis fermes sur l'étrier.
Debout dès le soleil levant
Toujours courant et toujours en avant ;
Fatigue, vent, pluie ou soleil
Rien ne retient leur élan sans pareil.
Leurs hommes les suivent de près.

De la forêt gardes sûrs et discrets ;
Puis vient conduit par les veneurs
Le vil troupeau des manants rabatteurs !

Air : *C'est un renard, c'est un sournois.*

(Fanfare du RENARD).

Voici la meute aux chiens altiers
Adroits et vigoureux limiers.
Bruyant,
Vaillant,
Et ravissant,
Briffaut,
Rustaut,
Et Ramonaut
Tous se hâtant,
Tous se rendant
Vers la soupe qui les attend.

Air : *Pauvre animal, te voilà mal.*

(Fanfare du CERF).

Puis les piqueurs,
Rudes coureurs,
La trompe en main
Sonnent en chemin,
Mettant le son
A l'unisson
Font dans les airs
Vibrer leurs concerts.

Soufflant sans trève ni repos,
Ils ont des bois lassé les échos ;
Le chien séduit
Par tout ce bruit
Au son du cor
Mêle un cri discord.

Air : *ton ton, ton taine, ton ton.*

Voici le cerf mort avec gloire,
Sur le brancard des rabatteurs
Son bois sanglant montre aux spectateurs
Qu'il fit payer cher la victoire
A qui le serra de trop près
Dans les sentiers des forêts.

Air : *A table faut-il boire, je bois.*

Devant nous avec grâce
Passant
Couverts de la cuirasse
D'argent,
Qui sont ces militaires ?
Ma foi
Ce sont les mousquetaires
Du roi !

Air : *Fanfare la Léon Bertrand*

Voyez-vous le grand-écuyer,
Le grand veneur qui marchent en premier ;
Chaque seigneur vient à son tour
    Galant
    Servant
Des dames de la cour !
A tous les regards enchantés
S'offre l'essaim de ces nobles beautés.
Sous le velours, la soie et l'or,
    Leurs frais
    Attraits
Sont plus charmants encor !
Tourterelles dans un bosquet
    Près d'un muguet
    Roucoulant en secret ;
Lionnes, au fond des forêts,
Leur vaillant cœur ne se trouble jamais !
Ornements d'un riant tableau,
Sortant du cadre à l'endroit le plus beau,
Elles s'en vont par les chemins,
Pour l'indigent, tendre leurs blanches mains !

Air : *Vive la Chasse ! elle surpasse.*

Sociétaires
Et commissaires,
Braves pompiers,
Glorieux cuirassiers.
Quand dans la rue
La foule émue

Vous applaudit,
Le pauvre vous bénit.

Air : *Avec ses terribles acteurs.*

En critiquant les utiles travaux,
Dont nous avons exposé la série,
Plus d'une fois à d'indulgents bravos
Vint se mêler une maligne envie ;
Dédaignons-la ! songeons que le malheur,
Sans intérêt, nous demande assistance.
Continuons ; d'un pénible labeur,
Chacun de nous, dans le fond de son cœur,
Saura trouver la récompense.

Versailles, février 1863.

VERSAILLES. — IMPRIMERIE CERF, 59, RUE DU PLESSIS.

www.ingramcontent.com/pod-product-compliance
Lightning Source LLC
Chambersburg PA
CBHW061512170626
46811CB00004B/1715